Remerciements spéciaux à David & Manu

Soleil Productions, Le Grand Hôtel, Place de la Liberté - 83000 Toulon
Tél : 04 94 185 185 - fax : 04 94 62 30 21
Dépôt légal février 2000 - ISBN 2 - 87764 - 976 - 8

Maquette : Laurent Arnaud pour Soleil
Photogravure : Infoscan - 06 sophia Antipolis
Impression : Lesaffre - Tournai - Belgique
Reliure : Reliure Brun

HONG KONG,
2007...

VOILÀ BIENTÔT DIX ANS QUE PÉKIN A PRIS LE CONTRÔLE DE L'ÎLE. SOUS L'IMPULSION DE SES NOUVEAUX CHEFS, LA CHINE SE REFERMA BRUSQUEMENT SUR ELLE-MÊME...
LE POUVOIR EN PLACE, ENCORE FRAGILE, AVAIT ATTIRÉ TOUTES SORTES DE CONTREBANDIERS, DE TRAFIQUANTS, D'AVENTURIERS ET DE MALFRATS...
...C'EST ALORS QUE DÉBUTA UNE GUERRE FROIDE AVEC LES ÉTATS-UNIS. HONG KONG, AU CENTRE DU CONFLIT, ÉTAIT DEVENU UNE SORTE DE NO MAN'S LAND ÉCONOMIQUE.
... HONG KONG ÉTAIT DEVENU LE PARADIS DES TRIADES.

ALLEZ ! C'EST LE MOMENT DE TE SOUVENIR DE NOS COURS DE GYM !
... J'Y SUIS PRESQUE ...
ÇA ME RAPPELLE LE LYCÉE, QUAND JE FAISAIS LE MUR.
GN ... NE T'ÉTONNE PLUS ... GN ... SI TU AS RATÉ TES ... GN ... ÉTUDES ... GROS MALIN !!
?!

FAIS QUELQUE CHOSE, WILL ! AIDE - MOI !
QU'EST - CE QUE TU VEUX QUE JE FASSE ?! REGARDE DE L'AUTRE CÔTÉ !
JE NE PEUX PLUS BOUGER, J'AI LE VERTIGE ...
C'EST UNE HALLUCINATION, JE NE COMPRENDS PAS ...
... JE SUIS POURTANT À JEUN !
ATTENTION, WILL ! DERRIÈRE TOI !!
REGARDEZ - MOI ÇA ! ON VOULAIT FILER À L'ANGLAISE, CE COUP-CI VOUS ÊTES CUITS LES ROSBIFS !

À MOINS QUE TU NE PRÉFÈRES SAIGNANT !
HÉ, HÉ !
WILL !!
RESTE PAS PLANTÉ LÀ JEFF ! TIRE TOI !
FAIS-LE DESCENDRE DE LÀ-HAUT !
C'EST COMME SI C'ÉTAIT FAIT !

CRASH
T'EN FAIS, UNE TÊTE! ÇA SURPREND, HEIN?
NE LE TOUCHE PAS, SALOPARD! IL N'EST PAS DANS LE COUP!
TOI, TU LA BOUCLES!

ON N'AIME PAS LES FOUILLE-MERDE DANS TON GENRE ...
...À CHAQUE FOIS, C'EST LA MÊME CHOSE. 'FAUT TOUJOURS QU'ILS VIENNENT FOURRER LEUR GROIN DANS NOS AFFAIRES!
L... LÂCHEZ-MOI ...
TU AS FAIS UNE GRAVE ERREUR EN PENSANT RÉUSSIR À DOUBLER NOTRE TRIADE. MAINTENANT, IL FAUT EN PAYER LE PRIX ...
DIS-MOI BINOCLARD, TU PRÉFÈRES VOIR LA MORT AVEC OU SANS LUNETTES?

CHAQUE NUIT CE MÊME CAUCHEMAR, CE MÊME PRESSENTIMENT, WILL... ÇA FAIT BIENTÔT DEUX SEMAINES QUE JE N'AI PLUS DE NOUVELLES DE TOI.
OÙ ES-TU FRÉROT ?

LES RUMEURS SELON LESQUELLES HONG KONG SERAIT LA CIBLE D'UNE GUÉRILLA INFORMATIQUE SE CONFIRMENT...
IL SEMBLE QUE LA MENACE SOIT DANS UN PREMIER TEMPS ORIENTÉE VERS NOTRE SYSTÈME BOURSIER.
LE CHEF DE L'EXÉCUTIF DE HONG KONG, TUNG CHEE CHU PREND L'AFFAIRE TRÈS AU SÉRIEUX! L'INTRODUCTION MASSIVE DE VIRUS DANS NOS SYSTÈMES SERAIT CATASTROPHIQUE POUR NOTRE ÉCONOMIE.
NOS RÉSEAUX NE POURRAIENT RÉSISTER À CE TYPE D'AGRESSION. CES MENACES ÉMANERAIENT D'UN GROUPUSCULE MAFIEUX NON IDENTIFIÉ QUI AURAIT, SELON NOS SOURCES, POSÉ UN ULTIMATUM À PÉKIN...
L'INSPECTEUR WANG SPÉCIALISTE DE LA LUTTE ANTI-TRIADE, N'A SOUHAITÉ FAIRE AUCUNE DÉCLARATION SUR CETTE AFFAIRE...
TOC TOC

OUI ! QUI EST-CE ?!
TOUTEFOIS, UNE CONFÉRENCE ... CLIC ...
POLICE ! OUVREZ LA PORTE !
VOILÀ, VOILÀ, J'ARRIVE !
LA POLICE ?!
HEU ... BONJOUR MESSIEURS ... QUE SE PASSE-T-IL ?!
MONSIEUR JEFF HEAGEL ?
OUI, C'EST MOI-MÊME !
C'EST AU SUJET DE VOTRE FRÈRE WILL HEAGEL. VEUILLEZ NOUS SUIVRE AU COMMISSARIAT ! IL VOUS-Y ATTEND !
MALLIÉ, PARNOTTE.

CE N'ÉTAIT PAS LA PEINE DE VOUS DÉRANGER POUR ÇA...
VOUS M'AURIEZ TÉLÉPHONÉ, JE SERAIS VENU IMMÉDIATEMENT.
POUR LA CAUTION J'AI L'HABITUDE, JE PAYERAI.
MAIS DITES-MOI...
IL N'A PAS ENCORE SACCAGÉ LE KING'S CLUB AU MOINS? TAPAGE NOCTURNE, ALORS? HA, NON! J'Y SUIS, IL A...
AVANCEZ!!!!
DITES-MOI AU MOINS S'IL EST BLESSÉ?
JE VOIS! C'EST BOULOT-BOULOT, HEIN?

'SONT AUSSI HERMÉTIQUES QUE LA MURAILLE DE CHINE CES DEUX TYPES! ON NE DOIT PAS RIGOLER TOUS LES JOURS AVEC EUX!
DING
0 1 2 3
OH, PARDON!
EXCUSEZ-MOI, JE NE VOUS AVAIS PAS VU!
HEU... RASSUREZ-VOUS, Y'A... HEU... PAS HEU... MORT D'HOMME.

ÇA SUFFIT! LA VOITURE NOUS ATTEND, ET TOI TU DÉGAGES!
RETIRE TES SALES PATTES! CONNARD DE FLIC!
HÉ! MAIS JE NE VOUS PERMETS PAS.
ON EN A FRAPPÉ POUR MOINS QUE ÇA... T'AS DE LA CHANCE QU'ON SOIT PRESSÉS...
IMPUISSANT!
NON, MAIS ÇA VA PAS! C'EST QUOI, CETTE MANIÈRE DE REPRÉSENTER L'ORDRE? SACHEZ QUE JE N'APPRÉCIE PAS VOS MÉTHODES, J'EN TOUCHERAI DEUX MOTS À VOS SUPÉRIEURS HIÉRA...
TA GUEULE!

PARDON ?! QU'EST-CE QUE VOUS VENEZ DE DIRE ?...
DÉPÊCHEZ-VOUS... MONTEZ !
SUR UN AUTRE TON, HEIN ! JE VOUS AI À L'OEIL.
HÉ ! HO !
VOUS LE FAITES EXPRÈS OU QUOI ?! VOUS AVEZ MARCHÉ SUR MA CHAUSSURE !
VAS-Y ! ROULE !
DE VÉRITABLES CHAUSSURES ANGLAISES...
PUR CUIR DE VACHE ! ET PAS DE LA FOLLE... ÇA FAIT DIX ANS QUE JE NE LES QUITTE PLUS, CE SONT UN PEU MES PORTE-BONHEUR...
...VOUS Y CROYEZ VOUS AUX PORTE-BONHEUR ? LE YING LE YANG... TOUT ÇA QUOI ?

MAIS... DITES-MOI
LE COMMISSARIAT SE TROUVE DE L'AUTRE CÔTÉ, ET JE N'AI PAS L'IMPRESSION D'AVOIR VU DE DÉVIATION...
IL EST INTERDIT DE PARLER AU CHAUFFEUR !

ILS ME PARAISSENT TOUT À COUP BIEN À CHEVAL SUR LES PRINCIPES...
VM 00 97
HUM... HUM...
EXCUSEZ-MOI DE VOUS IMPORTUNER ENCORE UNE FOIS, MAIS VOUS FAITES PARTIE DE QUEL BUREAU ?
QUOI ?!
QUAND IL S'AGIT DE MON FRÈRE, J'AI TOUJOURS AFFAIRE AUX MÊMES POLICIERS, MAIS VOUS, JE NE VOUS AI JAMAIS VUS...
BUREAU 512, DES AFFAIRES COURANTES... COMMISSARIAT DU WESTERN DISTRICT... ÇA VOUS VA COMME ÇA ?
BEN NON... DANS CE CAS, POURQUOI PORTEZ VOUS UN BADGE DU CENTRAL DISTRICT ?

JE SUIS DÉSOLÉ, C'EST UN MALENCONTREUX FAUX MOUVEMENT...
IL N'Y A PAS DE MAL...
JE CROIS QUE CE COUP-CI C'EST CLAIR...
...SI CES TYPES SONT POLICIERS, JE MANGE MES POMPES !!!
...TU VIEILLIS, JEFF...
...TU AURAIS DÛ SENTIR VENIR L'EMBROUILLE...
MAIS ILS NE SAVENT PAS À QUI ILS ONT AFFAIRE !
JE DOIS FILER AU PLUS VITE ! AU PROCHAIN FEU ROUGE, JE ME LANCE !
AU PIRE, JE POURRAI TOUJOURS CRIER À L'AIDE...
MAINTENANT !!

POUAH !
M... MAIS ?!
ÇA PUE ! QU'EST-CE QUE C'EST QUE CE TRUC ?
... SNIF, SNIF...
DE... DE L'ESSENCE ?! BEURK ...
?!
DE RETOUR PARMI NOUS, JEFF HEAGEL ?
CIGARETTE ?

ARRÊTE DE JOUER ! LE BOSS ARRIVE.
RAAA... MAIS VOUS ÊTES MALADES !
QU... QUI ÊTES-VOUS, D'ABORD ?
LE COUP DES FLICS, ÇA NE MARCHE PLUS AVEC MOI !
LA POLICE ? ÇA FAIT UN BOUT DE TEMPS QU'ELLE EST CORROMPUE.
TOUT LE MONDE FAIT LA POLICE À HONG KONG... IL SUFFIT JUSTE DE S'EN DONNER LES MOYENS.
GNN... ENLEVEZ VOTRE CHAUSSURE !
C'EST MOI QUI DONNE LES ORDRES, ICI.
ET JE N'AI PAS DE TEMPS À PERDRE. RELEVEZ-MOI CETTE LOQUE !
DÉTACHEZ-MOI !
ARRÊTE DE BRAILLER ET CONCENTRE-TOI SUR LES QUESTIONS.
OÙ SE CACHE-T-IL ?
MAIS, DE QUI VOULEZ-VOUS PARLER ?

T'ÉTAIS PAS BIEN CONCENTRÉ.
ON REPREND: T'AS UN FRÈRE?
O... OUI
LÈVE LA TÊTE QUAND ON TE PARLE!
SON BOULOT, C'EST QUOI AU JUSTE?
LIVREUR DE PIZZAS!
LIVREUR DE PIZZAS! JE VOIS
LA QUESTION EST DE SAVOIR SI T'ES AUSSI CON QUE TU VEUX BIEN LE LAISSER CROIRE...
MOI, JE NE PENSE PAS...
BEN JUSTEMENT, RÉFLÉCHISSEZ.
JE VOUS AI SUIVIS QUAND VOUS M'AVEZ DIT QU'IL ÉTAIT AU COMMISSARIAT. ÇA VEUT BIEN DIRE QUE JE NE SAIS PAS OÙ IL EST!
NON, LAISSE! IL A RAISON.
AH...
EXCUSEZ-MOI C'EST UN MALENCONTREUX FAUX MOUVEMENT.
PAS SI FORT! IL NE VA PLUS POUVOIR ARTICULER.

ÉCOUTEZ... ÇA FAIT QUINZE JOURS QUE JE N'AI PAS VU MON FRÈRE. TOUT CE QUE JE SAIS, C'EST QU'IL EST DEVENU UN HONNÊTE LIVREUR DE PIZZAS...
IL FAIT QUELQUES CONNERIES DE TEMPS EN TEMPS, MAIS RIEN DE GRAVE...
ARRÊTE-TOI, TU VEUX !
JE VEUX BIEN CROIRE QUE TU NE SACHES PAS OÙ IL SE PLANQUE, MAIS TU SAIS FORCÉMENT OÙ EST-CE QU'ON PEUT LE VOIR TRAÎNER.
LORSQU'IL TRAVAILLAIT POUR NOUS, IL NOUS A PARLÉ DE TOI... L'IMPORT-EXPORT, LA GRANDE DISTRIBUTION, ÇA TE CONNAIT, NON ?
MAIS VOUS N'Y ÊTES PAS DU TOUT ! JE SUIS EMPLOYÉ DE BANQUE, JE PAYE MES IMPÔTS ET MES FACTURES... JE SUIS HONNÊTE, MOI !
BRAVO ! BELLE COUVERTURE...
COMME ÇA, TU PEUX DEALER DE LA CHINA-WHITE AVEC TON FRÈRE POUR ARRONDIR TES FINS DE MOIS.
SNIF SNIF
ALORS TU VAS GENTIMENT NOUS DONNER LA LISTE DES PLANQUES QUE VOUS UTILISEZ. JE SUIS SÛR QU'IL DOIT Y FAIRE UN TOUR DE TEMPS EN TEMPS.
VOUS VOUS TROMPEZ DE PERSONNE, ON EST PAS COMME ÇA DANS LA FAMILLE !...
LAISSEZ-LE MOI PATRON ! UNE BALLE DANS LE GENOU ET IL VA PARLER.
ALLONS ! SOIS UN PEU PLUS RAFFINÉ...
C'EST UN ANGLAIS, TOUT DE MÊME.
QU... QU'EST-CE QUE VOUS ALLEZ FAIRE ?
JE M'EN OCCUPE, JE SERAI CURIEUX DE SAVOIR SI LE LÉGENDAIRE FLEGME BRITANNIQUE RÉSISTERA À CECI...

ON COMMENCE PAR QUEL DOIGT ?
NON !
ET COMME ÇA ?!
LA MÉMOIRE TE REVIENT OU ON EN COUPE UN AUTRE
T'AS INTÉRÊT À TE METTRE À TABLE RAPI-DEMENT... C'ÉTAIT JUSTE UN HORS D'OEUVRE.
SOLDES
BON, ON DÉSINFECTE ET ON PASSE AUX CHOSES SÉRIEUSES...
MALLIÉ & PARNOTTE 03.97

AH! WANG! ON T'ATTENDAIT!
triskel
J'AI ÉTÉ RETENUE AU COMMISSARIAT!
OÙ EST NOTRE SUSPECT?!
IL N'Y AVAIT PERSONNE LORSQUE NOUS SOMMES ARRIVÉS. ON A TOUT PASSÉ AU MICROSCOPE, MAIS CET APPARTEMENT EST AUSSI VIDE QUE LE CASIER JUDICIAIRE DU PAPE!
LAISSE TON HUMOUR DE CÔTÉ, OK? LE TÉMOIGNAGE DE CE JEFF HEAGEL PEUT ÊTRE CAPITAL POUR LA SUITE DE L'ENQUÊTE
JUSTEMENT! EN PARLANT DE TÉMOIGNAGE, DES COMMERÇANTS ONT VU NOTRE HOMME MONTER DANS UNE VOITURE IL Y A DE ÇA TROIS HEURES ENVIRON. DEUX PERSONNES L'ACCOMPAGNAIENT.
LE GENRE DE VOITURE "PLAISIR DES SENS" AVEC CHAUFFEUR
LA MAFIA?
EXACT!
POSSIBLE, MAIS RIEN NE PERMET DE LE PROUVER!
GLOUP

INFECT, CE JUS! À CROIRE QU'IL L'A FILTRÉ AVEC UNE CHAUSSETTE. CE TYPE A UNE BELLE CAFETIÈRE MAIS IL NE SAIT PAS S'EN SERVIR.
T'AS RAISON, ANDÉLIE!
PENSE À MENTIONNER ÇA DANS LE RAPPORT.
COMPTE SUR MOI!
RIEN D'AUTRE?
SI, LÀ, DERRIÈRE LA PORTE.
ON A TROUVÉ ÇA.
QU'EN PENSE CHAN?
IL DIT QUE ÇA NE CORRESPOND À AUCUNE COMBINAISON UTILISÉE PAR LES TRIADES
SÛR, COMMISSAIRE! TOUT CE QUE, JE PEUX DIRE C'EST QUE ÇA A ÉTÉ TRACÉ AU ROUGE À LÈVRES.
PEUT-ÊTRE PAR UNE FEMME.
OUAIS! ENCORE QU'À NOTRE ÉPOQUE C'EST PAS VRAIMENT PROBANT COMME ARGUMENT.
PAS D'EMPREINTES?
AUCUNE! À PART CELLES DU LOCATAIRE, BIEN SÛR... MAIS, LA PORTE A ÉTÉ FRACTURÉE
ÇA POURRAIT ÊTRE L'ŒUVRE DES DEUX TYPES QUI ACCOMPAGNAIENT NOTRE HOMME?
ÇA M'ÉTONNERAIT! IL N'Y A AUCUNE TRACE DE VIOLENCE, ET D'APRÈS LES TÉMOINS IL NE SEMBLAIT PAS EN DANGER LORSQU'IL EST MONTÉ DANS LA VOITURE.

ET SI JEFF HEAGEL FAISAIT PARTI D'UNE TRIADE? INFORMÉS DE NOTRE VISITE, ILS SE SONT EMPRESSÉS DE LE PLANQUER.
NON! UN SIMPLE COUP DE FIL SUFFISAIT À LE PRÉVENIR. SI CES TYPES ÉTAIENT DES MAFIEUX, HEAGEL L'IGNORAIT.
DIX DOLLARS QU'ON RETROUVE SA TÊTE DANS UN SAC-POUBELLE DEVANT LE COMMISSARIAT D'ICI LES PROCHAINS JOURS.
T'ES LOURD, ANDÉLIE! DOIS-JE TE RAPPELER QUE LE TEMPS PRESSE? IL EST NOTRE UNIQUE LIEN AVEC L'AFFAIRE DU VIRUS...
S'AGIT DE NE PAS LE LAISSER FILER!
TIDILI-TIDILI
ALLÔ?... OUI... BIEN!... J'ARRIVE IMMÉDIATEMENT.
IL NE MANQUAIT PLUS QUE ÇA! ZUNG M'ATTEND. IL VEUT SAVOIR OÙ EN EST L'ENQUÊTE.
VOUS NE VOUS QUITTEZ PLUS, MA PAROLE. SI VOUS VOUS REPRODUISEZ METTEZ-M'EN UN EXEMPLAIRE DE CÔTÉ!
DIS DONC, LE COMIQUE, CE BLOUSON NE SORTIRAIT-IL PAS D'UN STOCK DE CONTREBANDE?
CELUI QU'ON A RÉQUISITIONNÉ LA SEMAINE DERNIÈRE PAR EXEMPLE...
BEN... HEU... Y'EN AVAIT 350, ALORS...
OUAIS! ON VERRA ÇA PLUS TARD. CONTINUEZ À CHERCHER ET LAISSEZ UN POLICIER DEVANT LA PORTE, ON NE SAIT JAMAIS
POUR LE MESSAGE CODÉ, COMMISSAIRE...
... ON DÉMONTE LA PORTE POUR LA METTRE DANS LE DOSSIER DES PIÈCES À CONVICTION?

RENDS-MOI MON LAPIN KUNG FU !!
VIENS LE CHERCHER, PATATE !

MÉTS-LUI UNE DROITE !
ÉCLATE CE MINUS !
VAS-Y ! C'EST QU'UNE LOPETTE !
WILL ! WILL !
MASSACRE-LE !
LAISSE MON FRÈRE TRANQUILLE !!
'TE MÊLE PAS DE C... OUCH !
T'AS ENTENDU ? CASSE-TOI, TÊTARD !

WILL ...
AIDE-MOI ...
... MON DOIGT ... ILS M'ONT COUPÉ UN ... DOIGT ...
REGARDEZ-MOI ÇA !
TU PARLES D'UN HÉROS REMUE-TOI, AU LIEU DE PLEURNICHER !
QUOI ??
WILL ! OÙ ? ES-TU. WILL, WILL !
JE ... JE DOIS ME ... CALMER ... D'ABORD REMPLACER CE ... B... BANDAGE PAR ... MON ... MOUCHOIR

?!
MAIS ... QU' ... QU'EST-CE QUE C'EST QUE ÇA ?!
L... LA MÉDAILLE DE WILL !!
QU'EST-CE QU'ELLE FOUT LÀ ?!...
À MOINS QUE... MAIS OUI... LA FILLE DE CE MATIN... ÇA NE PEUT ÊTRE QU'ELLE, QUAND ON S'EST PERCUTÉS...
ALORS ? ENFIN DÉCIDÉ À NOUS CRACHER LE MORCEAU OU ON REMET ÇA ?!

JE VOIS...
JE CROIS QU'UN BON LAVAGE DE CERVEAU S'IMPOSE...
J'AI MÊME PRÉVU L'ASSOUPLISSANT SPÉCIAL POUR LES TÊTES DURES.
NON! ATTENDEZ... NE... ME TUEZ PAS... OU VOUS NE RETROUVEREZ JAMAIS MON FRÈRE...
TU ME FATIGUES! DERNIÈRE QUESTION...
COMBIEN DE TEMPS LA BALLE TOURNERA-T-ELLE DANS TA TÊTE AVANT DE TROUVER LE PEU DE MATIÈRE GRISE QU'IL TE RESTE?
DLING

DÉ ... DÉGAGEZ L ... LA PORTE ... VITE ...
UN ... S ... SEUL FAUX MOUVEMENT ET JE ... TE DÉBOUCHE LES OREILLES ! T'ENTENDS ?!
C'EST DE L'HUMOUR ANGLAIS ?!
DIS ... À ... TES HOMMES DE ... SE TENIR ... TRANQUILLES ...
NE TENTEZ RIEN.

J'AURAIS DÛ T'EN COLLER UNE QUAND IL EN ÉTAIT ENCORE TEMPS
LAISSEZ-LE FAIRE !
L... LA SORTIE... OÙ SE TROUVE LA SORTIE ?!...
TU NE PASSERAS JAMAIS LA PORTE VIVANT !
QUI TE DIT QUE JE VAIS PASSER PAR LA PORTE ?
RENTRE LÀ-DEDANS !
PUTAIN. LÀ, J'ASSURE.
CETTE LUCARNE, ELLE DONNE SUR QUOI ?
TU NE VEUX PAS NON PLUS QUE JE TE FASSE UN PLAN ?
JE FERME LA PORTE...
ET... ET SI J'EN VOIS UN PASSER LA TÊTE DANS CETTE SALLE, JE LE DESCENDS !
PRENDS CE TABOURET ET CASSE LA LUCARNE !

N'EN PROFITE PAS POUR ME LE FOUTRE SUR LA GUEULE !
TU TIENS À PEINE DEBOUT, TU N'IRAS PAS LOIN
ÉCARTE-TOI, ET N' ... N'OUBLIE PAS QUE TU ES DU MAUVAIS CÔTÉ DU CANON...
T'INQUIÈTE PAS, JE SUIS TÉTANISÉ PAR LA PEUR.
MERDE !
ZIIIP
AT... ATTENTION, HEIN... J... JE T'AI À L'OEIL !
SELF-CONTROL, JEFF, SELF-CONTROL, TU Y ES PRESQUE...
PAS D'EMBROUILLES ... TU SAIS DE QUOI JE SUIS CAPABLE...

TU VAS CREVER, L'ANGLICHE!!
BLAM
¡NCROYABLE! J'AI RÉUSSI...
FALLAIT PAS LE BUTER J'AVAIS DES ORDRES !!!
ESTIME-TOI HEUREUX, C'EST LA TÊTE QUE JE VISAIS.
MON FLINGUE N'ÉTAIT PAS CHARGÉ ON DEVAIT JUSTE LUI FOUTRE LA TROUILLE ET LE LAISSER S'ÉCHAPPER. ÇA A ÉTÉ PLUS SIMPLE QUE PRÉVU. JE NE PENSAIS PAS QU'IL AURAIT AUTANT D'INITIATIVE...
MALLIÉ & PARNOTTE 97.

ÉCOUTEZ COMMISSAIRE, EN TAND QUE HAUT RES-PONSABLE DU SERVICE DE LUTTE ANTI-TRIADE J'AI DES COMPTES À RENDRE. ALORS SOYEZ PLUS CLAIR.
BON, EFFECTIVEMENT NOUS N'AVONS PAS RÉUSSI À METTRE LA MAIN SUR JEFF HEAGEL. MAIS NOUS AVONS QUAND MÊME UN PISTE : LE MESSAGE CODÉ.
CE MATIN, ON M'APPREND QUE NOTRE INDIC A ÉTÉ TROUVÉ ÉGORGÉ ALORS QU'IL ALLAIT NOUS FOURNIR DES INFORMATIONS PRIMORDIALES SUR LA PROVENANCE DU VIRUS INFORMATIQUE.
ET VOUS OSEZ VOUS PRÉSENTER DEVANT MOI ALORS QUE VOUS N'AVEZ AUCUN ÉLÉMENT TANGIBLE.
NOUS SAVONS QUE WILL HEAGEL DÉTIENT LES FAMEUSES DISQUETTES CONTENANT LE VIRUS.
SI NOUS ARRIVIONS À DÉCHIFFRER LE CODE, NOUS POURRIONS RAPIDEMENT REMONTER JUSQU'À LUI ET RÉCUPÉRER LE VIRUS AVANT LES TRIADES
ET QU'EST CE QUE VOUS ATTENDEZ POUR LE DÉCHIFFRER CE FOUTU CODE.
AU RHYTME OÙ VONT LES CHOSES NOUS SERONS BIENTÔT GOUVERNÉS PAR DES EXTRÉMISTES...
...ALORS SI VOUS NE VOULEZ PAS TERMINER DANS UN CAMPS À RECYCLER LE CORP HUMAIN POUR EN FAIRE DE LA MATIÈRE PREMIÈRE IL NOUS FAUT DES RÉSULTATS.
'ONJOUR MESSIEUS'AMES VE VIENS VUFTE 'OUR 'ASSER UN COUP DE 'ALAIS.
NE 'OUS É...
C'EST PAS LE MOMENT ! DEHORS !
BON, DE TOUTE FAÇON C'EST UN JARDINIER QU'IL FAUDRAIT ICI.
37.

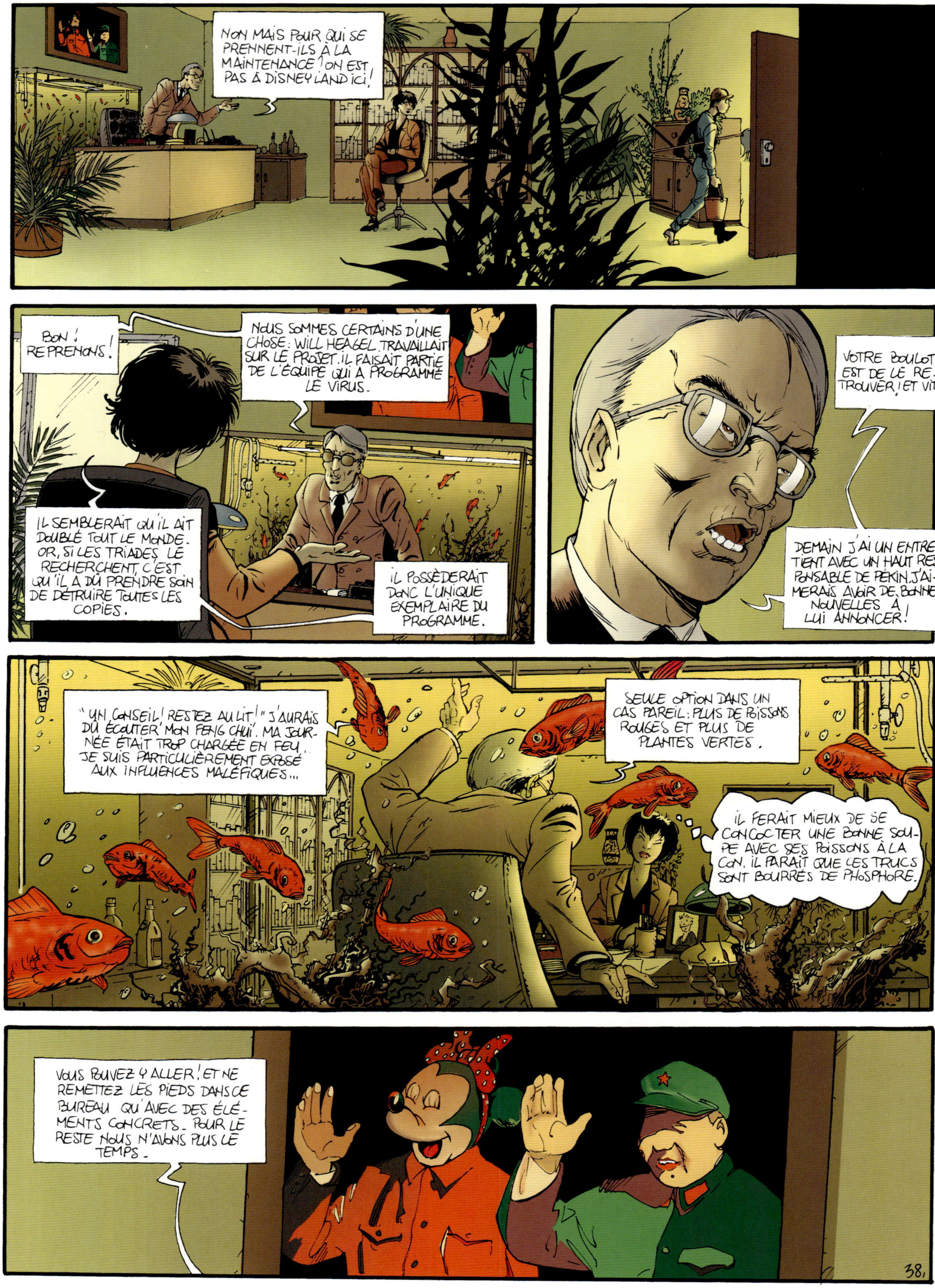
NON MAIS POUR QUI SE PRENNENT-ILS À LA MAINTENANCE ! ON EST PAS À DISNEYLAND ICI !
BON ! REPRENONS !
NOUS SOMMES CERTAINS D'UNE CHOSE : WILL HEAGEL TRAVAILLAIT SUR LE PROJET. IL FAISAIT PARTIE DE L'ÉQUIPE QUI A PROGRAMMÉ LE VIRUS.
IL SEMBLERAIT QU'IL AIT DOUBLÉ TOUT LE MONDE. OR, SI LES TRIADES LE RECHERCHENT, C'EST QU'IL A DÛ PRENDRE SOIN DE DÉTRUIRE TOUTES LES COPIES.
IL POSSÈDERAIT DONC L'UNIQUE EXEMPLAIRE DU PROGRAMME.
VOTRE BOULOT EST DE LE RETROUVER, ET VITE.
DEMAIN J'AI UN ENTRETIENT AVEC UN HAUT RESPONSABLE DE PÉKIN. J'AIMERAIS AVOIR DE BONNES NOUVELLES À LUI ANNONCER !
"UN CONSEIL ! RESTEZ AU LIT !" J'AURAIS DÛ ÉCOUTER MON FENG CHUI. MA JOURNÉE ÉTAIT TROP CHARGÉE EN FEU. JE SUIS PARTICULIÈREMENT EXPOSÉ AUX INFLUENCES MALÉFIQUES...
SEULE OPTION DANS UN CAS PAREIL : PLUS DE POISSONS ROUGES ET PLUS DE PLANTES VERTES.
IL FERAIT MIEUX DE SE CONCOCTER UNE BONNE SOUPE AVEC SES POISSONS À LA CON. IL PARAIT QUE LES TRUCS SONT BOURRÉS DE PHOSPHORE.
VOUS POUVEZ Y ALLER ! ET NE REMETTEZ LES PIEDS DANS CE BUREAU QU'AVEC DES ÉLÉMENTS CONCRETS. POUR LE RESTE NOUS N'AVONS PLUS LE TEMPS.

COMMENT ÇA, VOUS N'AVEZ PAS LE TEMPS ?!!
DES TUEURS PROFESSIONNELS ONT VOULU ME DESCENDRE, VOUS ENTENDEZ ?!! ME DESCENDRE !!
ÉCOUTEZ... JE CR...
NE M'INTERROMPEZ PAS !...
J'AI DÛ FAIRE APPEL À TOUTE MA PRÉSENCE D'ESPRIT POUR SAUVER MA PEAU. JE REVIENS DE L'HOPITAL OÙ ON A PANSÉ MES BLESSURES ET J'AI EMPREINTÉ MILLE DÉTOURS POUR ARRIVER JUSQU'ICI. JE SUIS CERTAIN QU'ILS SONT DÉJÀ À MES TROUSSES.
NE SOMBREZ PAS NON PLUS DANS LA PARANOÏA. IL NE S'AGISSAIT PEUT-ÊTRE QUE DE SIMPLES VOYOUS.
JE DOIS ÇA À MON EXCEPTIONNELLE CONSTITUTION PHYSIQUE, MÔSSIEUR, MAIS SÛREMENT PAS À VOUS !
DU CALME ! VOUS ME PARAÎSSEZ BIEN VIVANT POUR QUELQU'UN QUI VIENT DE SUBIR D'ATROCES TORTURES.
PARANOÏAQUE, MOI ?!! DES TARÉS QUI VOUS DÉCOUPENT EN PETITS BOUTS, VOUS APPELEZ ÇA COMMENT ?
J'EXIGE UNE PROTECTION DE LA POLICE !
PARFAIT !
VOUS POUVEZ DONC VOUS PASSER DE NOUS !
39.

JE ME PLAINDRAI! J'AI DES DROITS! JE POURRAIS VOUS POURSUIVRE POUR NON-ASSISTANCE À PERSONNE EN DANGER.
C'EST ÇA! EN ATTENDANT, CESSEZ DE BRAILLER, SINON ON VOUS BOUCLE.
SI TU VEUX, JE PEUX REMPLACER SA BOUFFE POUR POISSON PAR DU DÉTERGENT. JE LE FAISAIT ÉTANT GOSSE, C'EST ÉTONNANT!
OH! TU M'ÉCOUTES!
...??
ALLEZ FILE! AVANT QU'ON CHANGE D'AVIS!
LA PROCHAINE FOIS, ON VOUS DRESSE UN PROCÈS VERBAL POUR INSULTE À AGENT DE L'ORDRE.
QUI ÉTAIT CE TYPE?
UN EMMERDEUR!
C'ÉTAIT LUI, J'EN SUIS SÛRE!
QUI ÇA, LUI ??
JEFF HEAGEL!

MERDE ! IL EST RESSORTI ! PLANQUE-TOI !
ILS LE RELÂCHENT DÉJÀ APRÈS L'HISTOIRE QU'IL A DÛ LEUR RACONTER ! C'EST QUOI CE BORDEL ?
DÉMARRE !
MAIS... ON ÉTAIT JUSTE CHARGÉS DE...
TU VOIS BIEN QUE LA POLICE NE L'A PAS RÉCUPÉRÉ, ALORS SUIS-LE, ET RESTE DISCRET. LE QUARTIER N'EST PAS SÛR. Y'A TROP DE FLICS !
IL AURAIT FALLU QUOI POUR QU'ILS ME PRENNENT AU SÉRIEUX ? QUE J'ARRIVE AVEC LA TÊTE SOUS LE BRAS ?
PLUS LE CHOIX, JE DOIS ME DÉBROUILLER SANS EUX. SEULE PISTE : LA FILLE DE CE MATIN.
HÉ, ATTENDEZ !
POLICE ! RESTEZ OÙ VOUS ÊTES !
?! MAIS IL SE TIRE ?
T'INQUIÈTE PAS ! JE TE LE RAMÈNE DANS TRENTE SECONDES
LE COUP DES FAUX FLICS, ÇA NE MARCHE QU'UNE FOIS PAR JOUR. FAUT PAS ME PRENDRE POUR UN CON.

IL GALOPE, L'ANIMAL! TU CROIS QUE LE FLIC RÉUSSIRA À LE RATTRAPER?
OCCUPE-TOI DE NE PAS LE PERDRE DE VUE. POUR L'INSTANT, ON OBSERVE.
ÇA VA! ON SE CALME! JE SUIS UN POULET!
HÉ! UNE MOTO! SI J'OSAIS, JE LUI....
PÊT
PÊT
NON! CE N'EST PAS UNE BONNE IDÉE. ET PUIS C'EST UN COUP À AVOIR DES PROBLÈMES AVEC LA POLICE APRÈS.

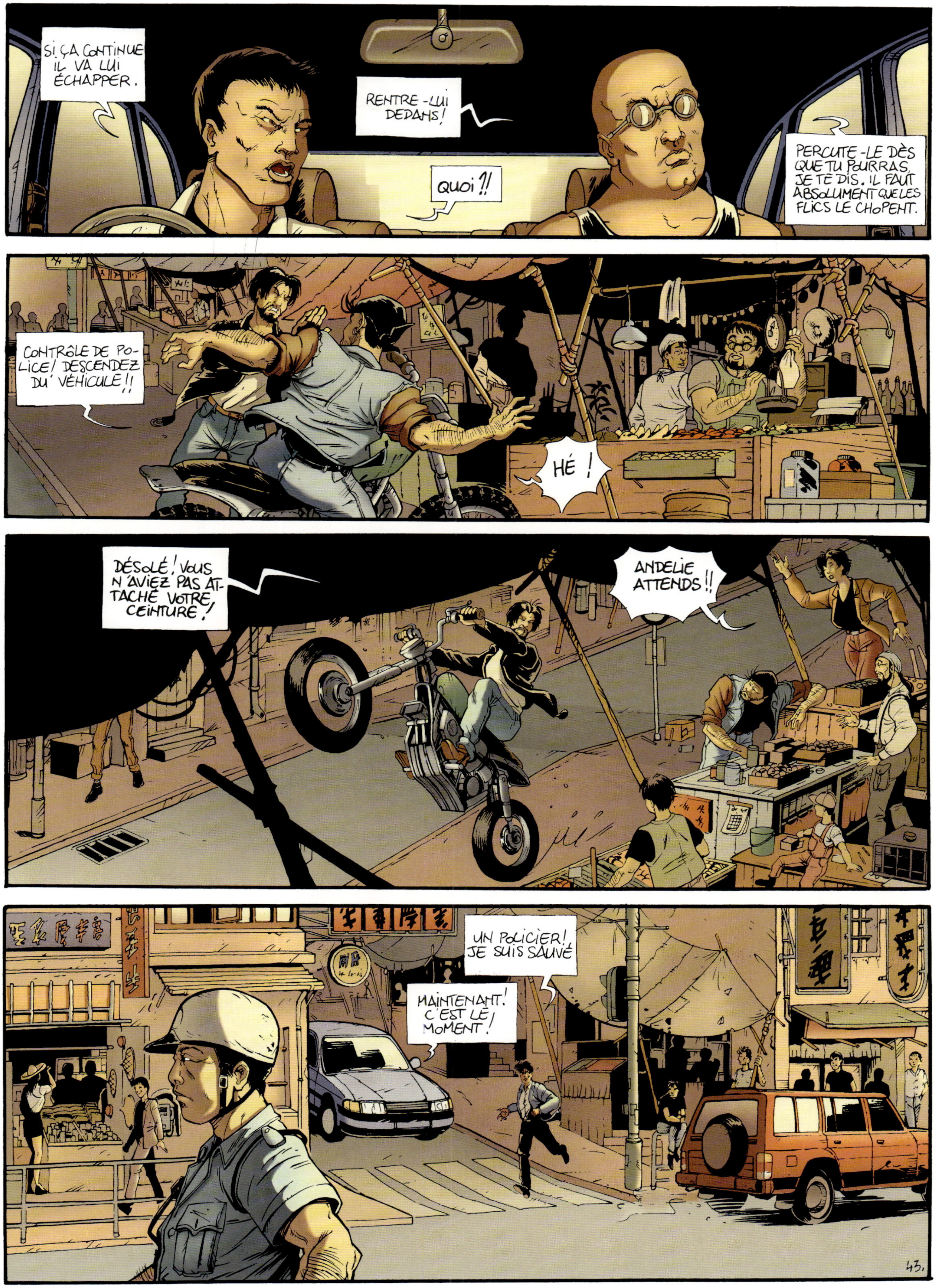
SI ÇA CONTINUE IL VA LUI ÉCHAPPER.
RENTRE-LUI DEDANS!
QUOI ?!
PERCUTE-LE DÈS QUE TU POURRAS, JE TE DIS. IL FAUT ABSOLUMENT QUE LES FLICS LE CHOPENT.
CONTRÔLE DE POLICE! DESCENDEZ DU VÉHICULE!!
HÉ!
DÉSOLÉ! VOUS N'AVIEZ PAS ATTACHÉ VOTRE CEINTURE!
ANDELIE ATTENDS!!
UN POLICIER! JE SUIS SAUVÉ
MAINTENANT! C'EST LE MOMENT!

NON !
PAS EUX ! PAS LES DEUX PORTE-FLINGUE !
'M'EN VAIS LEUR COLLER UN P.V. POUR CONDUITE DANGEREU-SE À CES CONNARDS.
NORTH POINT
44.

FIGHT CRIME
ET TOI, TU EN AURAS UN POUR DÉLIT DE FUITE !
FIGHT CRIME
HÉ ! VOUS, LÀ ! DESCENDEZ IMMÉDIATEMENT DE CE TRAMWAY !
QUOI, TA SÉRIE 200 ! C'ÉTAIT TON IDÉE, NON ?!
EN ATTENDANT, CET EMMANCHÉ DE FLIC N'A TOUJOURS PAS RÉUSSI À LE CHOPER. ON NE VA QUAND MÊME PAS LE PRENDRE EN STOP !!
CLAC
POLICE ! JE REQUISITIONNE CE VÉHICULE !!

APRÈS UNE CASCADE PAREILLE, JE NE SAIS PAS EN COMBIEN DE MORCEAUX ILS VONT LE RAMASSER
CE N'EST PLUS NOTRE PROBLÈME. ON A FAIT NOTRE BOULOT. JE PRÉVIENS WING...

TURBO DRACO II TU SERAS MON CHAMPION. ALORS NE ME DÉÇOIS PAS CE WEEK-END.
NE VOUS EN FAITES PAS, BOSS ! CE CHEVAL SERA UN VRAI DRAGSTER ! ON VA LE BOURRER D'AMPHETS
J'ESPÈRE BIEN !
J'AI PARIÉ UN BON PETIT MATELAS DE DOLLARS HK SUR LUI.
HÉ PATRON ! UN MESSAGE POUR VOUS ...
BON ! RENDEZ-VOUS SUR LE CHAMP DE COURSE DANS DEUX JOURS. ET ATTENTION PAS D'EMBROUILLE COMME LA DERNIÈRE FOIS, LORSQUE LE CHEVAL A CLAQUÉ AVANT L'ARRIVÉE.
J'AI UNE RÉPUTATION À ENTRETENIR, MOI !

MALLIÉ . PARNOTTE . 97.

DALE DAVIS, TIM DUNCAN, ADONALD FLOYD...
TOUS CES NOMS NE VOUS DISENT VRAIMENT RIEN ?
ÉCOUTEZ...
...ÇA FAIT DEUX FOIS AUJOURD'HUI QU'ON ME POSE LES MÊMES QUESTIONS. ET C'EST QUAND MÊME INCROYABLE QUE NI LES TRUANDS NI LES FLICS NE ME CROIENT... ALORS J'EXIGE UN AVOCAT !
ET PUIS QUOI ENCORE ! T'AS TROP REGARDÉ DE TÉLÉFILMS !
J'AI DES DROITS, MOI, MÔSSIEUR !
T'AS SIMPLEMENT CELUI DE NOUS RÉPONDRE CORRECTEMENT, OK !
HO ! DU CALME !
DE TOUTE FAÇON, JE VOUS ASSURE QUE JE NE CONNAIS AUCUNE DE CES PERSONNES...
TOUS CES PROGRAMMEURS TRAVAILLAIENT POUR UNE TRIADE. ON IGNORE TOUJOURS LAQUELLE.
PAR CONTRE ON SAIT QU'UN CERTAIN WILL HEAGEL FAISAIT PARTIE DE L'ÉQUIPE.
MON FRÈRE ! MAIS POURQUOI VOULEZ VOUS T...
TA GUEULE !
'FAUDRAIT SAVOIR !
ILS TRAVAILLAIENT TOUS SUR LA CONCEPTION D'UN VIRUS SUFFISAMMENT PUISSANT POUR IMMOBILISER LE RÉSEAU INFORMATIQUE DE LA BOURSE HONG-KONGAISE.
VOUS VOUS MÉPRENEZ ! IL A BIEN PIRATÉ QUELQUES JEUX VIDÉO DANS SA JEUNESSE, MAIS ...
DÉTROMPEZ-VOUS ! VOICI UNE FACETTE DE VOTRE FRÈRE À LAQUELLE IL VA FALLOIR VOUS HABITUER. IL A MÊME ÉTÉ JUSQU'À ABATTRE TOUS LES PROGRAMMEURS POUR S'EMPARER DU VIRUS. ON N'A PLUS AFFAIRE À UN SIMPLE PETIT VOYOU.
NON ! IMPOSSIBLE ! CE N'EST NI UN ASSASSIN NI UN VOLEUR, NI RIEN DE TOUT CE QUE VOUS INSINUEZ ! MÊME CHOSE POUR MOI...
AH OUI ? TU COURAIS POURTANT BIEN VITE TOUT À L'HEURE, POUR QUELQU'UN QUI N'A RIEN À SE REPROCHER !
MAIS JE VOUS AI PRIS POUR LA MAFIA ! J'AI PANIQUÉ...
ARRÊTEZ DE REMUER COMME ÇA, BON SANG !

'FAUDRAIT VOIR À NE PAS INVERSER LES RÔLES! LES FAITS NE PLAIDENT PAS EN TA FAVEUR !
JE VOUS AI DÉJÀ EXPLIQUÉ TOUT CE QUE JE SAVAIS. J'AI ÉTÉ ENLEVÉ, ON M'A TORTURÉ...
AÏEUU!...
VOILÀ! C'EST FINI.
ÉCOUTEZ...
...QUEL INTÉRÊT AURAIS-JE EU À ME RENDRE AU COMMISSARIAT SI CE N'EST POUR Y DEMANDER DE L'AIDE ??
ON NE DIRAIT PAS, COMME ÇA, MAIS VOUS AVEZ UNE SACRÉE CONSTITUTION PHYSIQUE... ÉVITEZ TOUT DE MÊME DE PRENDRE LE TRAMWAY EN MARCHE LA PROCHAINE FOIS...
...JE N'AI PLUS L'IMPRESSION DE TRAVAILLER DANS UN COMMISSARIAT, CES TEMPS-CI.
OK, DOC! OK! MERCI, VOUS POUVEZ Y ALLER.
JE NE COMPRENDS PLUS RIEN.
ON A TROUVÉ ÇA INSCRIT SUR TA PORTE D'ENTRÉE.
C'EST LA LISTE DES COURSES, PEUT-ÊTRE?
HÉ! MAIS... C'EST LUI! C'EST WILL!! UN MESSAGE DE WILL!
CVOOZ
NPO
6Q
À MOINS QUE...
MAIS OUIII... C'EST ÇA! J'Y SUIS!
VOUS NE VOUDRIEZ PAS ÊTRE PLUS CLAIR?
JE VAIS VOUS EXPLIQUER.
EH BEN... TOUT ARRIVE.
QUAND ILS M'ONT EMMENÉ, UNE JEUNE FEMME M'A GLISSÉ UNE MÉDAILLE SEMBLABLE À CELLE-CI DANS LA POCHE. JE L'AI PERDUE EN M'ÉCHAPPANT. MON FRÈRE A EU LA MÊME LE JOUR DE NOS...
AUX FAITS! VIENS-EN AUX FAITS!

BREF! CE MESSAGE A SÛREMENT ÉTÉ ÉCRIT PAR CETTE FEMME APRÈS MON DÉPART. ELLE CHERCHE À ME RENCONTRER CAR ELLE SAIT OÙ SE CACHE WILL.
C'EST LUI QUI L'AURAIT DONC ENVOYÉE POUR ENTRER EN CONTACT AVEC VOUS ?
VRAISEMBLABLEMENT OUI... EN TOUT CAS ÇA ME PARAÎTRAIT LOGIQUE...
BON! MAIS QUE DIT LE MESSAGE ?
EH BIEN... ÇA M'A TOUT L'AIR D'ÊTRE UN RENDEZ-VOUS.
PARFAIT! ON N'A PLUS QU'À S'Y RENDRE!
HÉLÀ! UNE MINUTE...
...VOUS NE CROYEZ TOUT DE MÊME PAS QUE JE VAIS VOUS LIVRER MON FRÈRE COMME ÇA !
JE COMMENCE À COMPRENDRE LE PLAISIR QU'ONT DÛ ÉPROUVER LES MAFIEUX À TE COGNER !!
QUELLE SOLUTION NOUS PROPOSEZ-VOUS ?
MON FRÈRE NE SE MONTRERA PAS COMME ÇA, IL PREND SES PRÉCAUTIONS. LAISSEZ-MOI ME RENDRE À CETTE ADRESSE...
...SEUL, JE POURRAIS LE CONVAINCRE DE COOPÉRER EN ÉCHANGE DE VOTRE PROTECTION ET DE L'ABANDON DES POURSUITES JUDICIAIRES.
S'IL A VRAIMENT FAIT TOUT CE QUE VOUS DITES, IL N'AURA PAS LE CHOIX. DONNEZ-MOI VOTRE PAROLE, ÇA ME SUFFIRA.
IL SE FOUT DE NOUS, LÀ! TU NE VAS TOUT DE MÊME PAS LE LAISSER NOUS DICTER SES CONDITIONS !!
C'EST LA SEULE SOLUTION... CROYEZ-MOI.
OH, WANG! TU M'ÉCOUTES ?!
IL DIT LA VÉRITÉ. LES ENTRAILLES DU POISSON SONT FORMELLES.

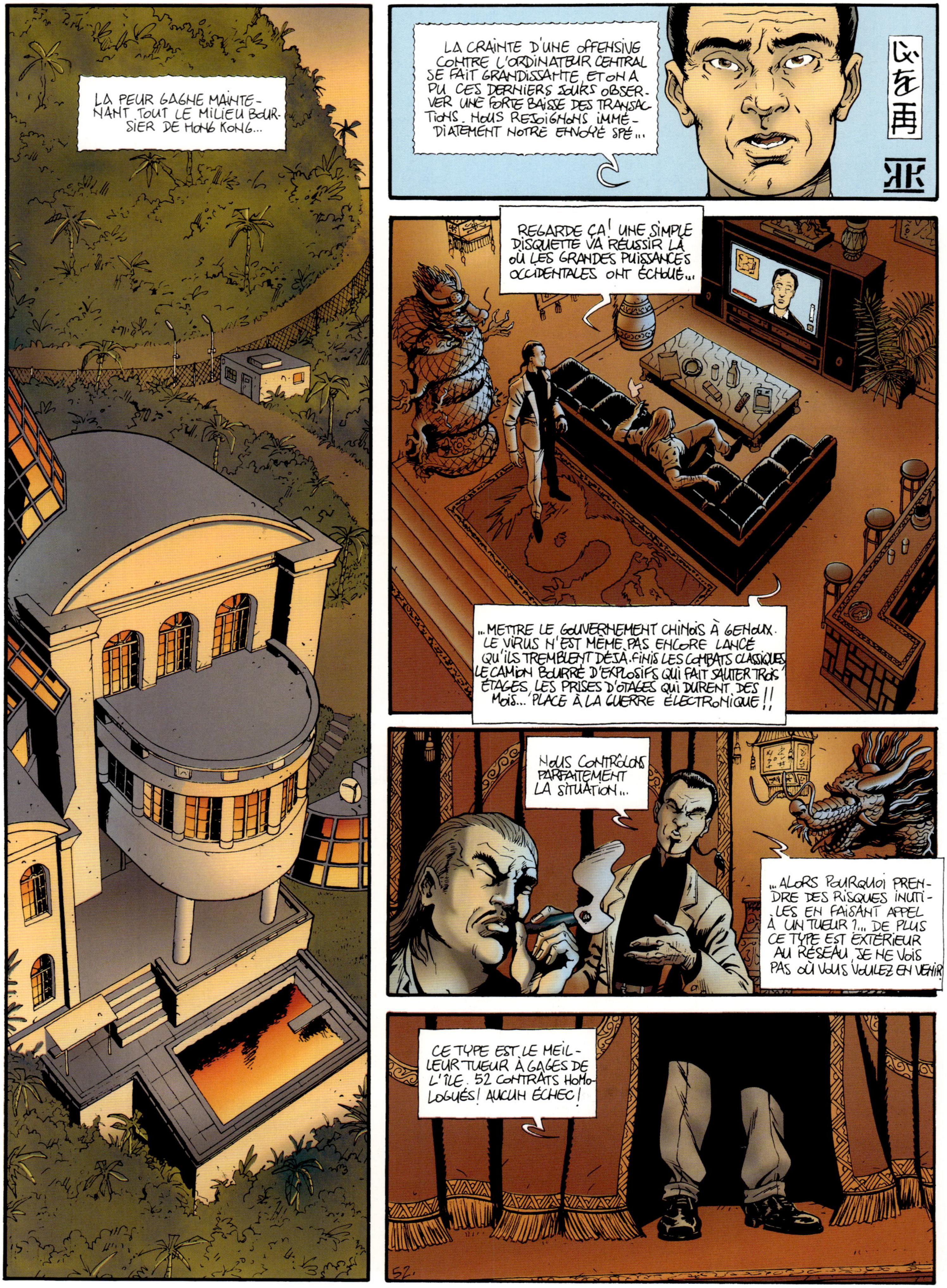
LA PEUR GAGNE MAINTENANT TOUT LE MILIEU BOURSIER DE HONG KONG...
LA CRAINTE D'UNE OFFENSIVE CONTRE L'ORDINATEUR CENTRAL SE FAIT GRANDISSANTE, ET ON A PU CES DERNIERS JOURS OBSERVER UNE FORTE BAISSE DES TRANSACTIONS. NOUS REJOIGNONS IMMÉDIATEMENT NOTRE ENVOYÉ SPÉ...
REGARDE ÇA! UNE SIMPLE DISQUETTE VA RÉUSSIR LÀ OÙ LES GRANDES PUISSANCES OCCIDENTALES ONT ÉCHOUÉ...
...METTRE LE GOUVERNEMENT CHINOIS À GENOUX. LE VIRUS N'EST MÊME PAS ENCORE LANCÉ QU'ILS TREMBLENT DÉJÀ. FINIS LES COMBATS CLASSIQUES, LE CAMION BOURRÉ D'EXPLOSIFS QUI FAIT SAUTER TROIS ÉTAGES, LES PRISES D'OTAGES QUI DURENT DES MOIS... PLACE À LA GUERRE ÉLECTRONIQUE!!
NOUS CONTRÔLONS PARFAITEMENT LA SITUATION...
...ALORS POURQUOI PRENDRE DES RISQUES INUTILES EN FAISANT APPEL À UN TUEUR?... DE PLUS CE TYPE EST EXTÉRIEUR AU RÉSEAU, JE NE VOIS PAS OÙ VOUS VOULEZ EN VENIR
CE TYPE EST LE MEILLEUR TUEUR À GAGES DE L'ÎLE. 52 CONTRATS HOMOLOGUÉS! AUCUN ÉCHEC!

COMMENT ÊTES-VOUS ENTRÉ ? LA RÉSIDENCE EST SURVEILLÉE.
VEUILLEZ EXCUSER CE RETARD... UN TRAVAIL À TERMINER.
VOUS PENSEZ NOUS IMPRESSIONNER ?!
IL NE SUFFIT PAS DE SAVOIR S'INTRODUIRE CHEZ LES GENS. ENCORE FAUT-IL POUVOIR LES ÉLIMINER.
DOUTERIEZ-VOUS DES COMPÉTENCES DU TAPIR ?
IL PEUT VOUS FAIRE UNE DÉMONSTRATION SI VOUS Y TENEZ !
AAA... LÂ... LÂCHEZ-MOI !
ALLONS ! CALMEZ-VOUS, JE NE VOUS AI PAS ENCORE DIT QUI VOUS DEVIEZ DESCENDRE.
J'AI BESOIN DE VOS SERVICES POUR UNE AFFAIRE EXTRÊMEMENT URGENTE : UN TÉMOIN GÊNANT. LA POLICE L'A RÉCUPÉRÉ ET IL RISQUE DE SE METTRE À TABLE.
HUM... IL FAUT LUI COUPER L'APPÉTIT, EN SOMME...
PRÉCISÉMENT ! ET VOILÀ QUI DEVRAIT VOUS AGUICHER : 20000 $.
AMÉRICAINS, BIEN SÛR ?
VOTRE VICTIME SE TROUVE AU COMMISSARIAT DU CENTRAL DISTRICT. VOUS AVEZ DEUX HEURES POUR AGIR.
AU COMMISSARIAT ? C'EST DU SUICIDE !
CE N'EST PAS D'UN TUEUR DONT VOUS AVEZ BESOIN, MAIS D'UN FANATIQUE BOURRÉ DE PAINS DE DYNAMITE !
ON VA ARRANGER ÇA !

TENEZ, PRENEZ CE PORTABLE. LE NUMÉRO DU COMMISSARIAT Y EST MÉMORISÉ. DEMAIN À L'AUBE UNE ÉQUIPE VOUS DÉPOSERA DISCRÈTEMENT À LA PORTE DU QUARTIER INTERDIT. ANDELIE VOUS SUIVRA À DISTANCE.
ET PAS DE COUPS FOIREUX, SINON JE TE RÉCUPÈRE ET JE TERMINE LE BOULOT QU'AVAIENT COMMENCÉ LES MAFIEUX !
RESTEZ POLI, ANDELIE !
CE SONT LES FLICS COMME VOUS QUI FONT LA MAUVAISE RÉPUTATION DE NOTRE POLICE.
CO... COMMISSAIRE WANG...
SORTEZ IMMÉDIATEMENT ! CET INTERROGATOIRE EST CONFIDENTIEL. VOUS N'AVEZ RIEN À FAIRE ICI !
MAIS...
... ON VIENT DE RECEVOIR L'APPEL D'UNE PATROUILLE ... C'EST TERRIBLE...
... LA MAFIA A PLASTIQUÉ LA VOITURE DE CHAN DEVANT LE YELLOW DRAGON.
ANDELIE, EN ROUTE ! VITE !
ALLEZ-Y, JE NE VEUX PAS QU'IL LUI ARRIVE QUELQUE CHOSE.
JE M'OCCUPE DE FAIRE SURVEILLER NOTRE HOMME.

Y A-T-IL D'AUTRES VICTIMES ?
APPAREMMENT NON.
DONNE-MOI LES CLÉS ! JE CONDUIS !!
CONTROL DEMOGRAPHY

CETTE ODEUR... TOUTE MA JEUNESSE...
PUTAIN... HIC... Z'ONT PAS DE WHIS...KY... HIC LÀ-DEDANS, SÛR!
EXCUSE-MOI, PÉPÉ...
...IL ME SEMBLE QUE L'ON VIENT DE T'APPELER À L'ACCUEIL.
BEN C'EST PAS TROP TÔT... HIC... ÇA FAIT DEUX PLOMBES QUE J'ATTENDS, MOI...
DEUX SALIGAUDS M'ONT TABASSÉ POUR... HIC... POUR ME PIQUER MA BOUTEILLE DE SAK'HIC... ET RENDEZ-VOUS COMPTE... ILS NE SERVENT QUE DU THÉ... HOC... DANS LEUR FOUTUE MACHINE...
VAS-Y! RINCE-TOI LE GOSIER AVEC ÇA, C'EST DE LA DYNAMITE!
AAH... ENFIN UN GARS QUI SAIT VIVRE, DANS CE TROU À RATS.

C'EST DE L'ALCOOL DE CONTREBANDE QUE M'AVAIT REFILÉ UN VIEUX MOINE BOUHDDISTE CONTRE UNE PAIRE DE NIKE.
GLOUP GLOUP
MERCI, MON BRAVE... HIC... VOUS ALLEZ VOIR... ILS VONT M'ENTENDRE HIC... CES SALOPARDS!
C'EST ÇA, TU VAS VOIR COMME ILS VONT T'ENTENDRE.
GLUP
LE YELLOW DRAGON... MAIS C'EST UN BORDEL SITUÉ EN PLEIN QUARTIER MAFIEUX. QU'EST-CE QU'IL FOUTAIT LÀ-BAS EN FIN DE JOURNÉE?!
TU SAIS, DANS LE SERVICE IL Y A PAS MAL DE PERSONNES QUI ONT UNE VIE PRIVÉE APRÈS LE BOULOT...
...ILS NE SONT PAS TOUS COMME TOI.
ET QU'EST-CE QUE TU CONNAIS DE MA VIE PRIVÉE, AU JUSTE?

APPELEZ UNE AMBULANCE! MAGNEZ-VOUS!
AAARG... NN... GN...
MERDE! IL BAVE PARTOUT!!
ÉCARTEZ-VOUS! JE SUIS LE MÉDECIN DU COMMISSARIAT!
IL FAIT UNE CRISE D'ÉPILEPSIE.
IL FAUT L'EMPÊCHER D'AVALER SA LANGUE!
DONNEZ-LUI UN VERRE D'EAU!
DU CALME!
AIDEZ-MOI À L'ALLONGER, SUR LE CÔTÉ...
KRAK
HEY!! PAR ICI!
IL Y A LE DOC QUI TOURNE DE L'OEIL!
A... ALLÔ? PASSEZ-MOI LE SERVICE DES URGENCES!
PARDON?... EN URGENCE, OUI...

ÂLLO!! Y'A QUELQU'UN?!
MERDE, M... MAIS QU'EST-CE QUE JE FAIS, MOI ?!...
ESSAIE DE LE FAIRE RESPIRER...
...JE M'OCCUPE DE L'AUTRE.
FAITES-LUI UN MASSAGE CARDIAQUE, JE VAIS CHERCHER DE QUOI LE RÉANIMER.
HÉ! ATTENDEZ UNE MINUTE !
PAS LE TEMPS!
QUI ÊTES-VOUS ?!
AGENT SPÉCIAL CHU CHEN. JE TRAVAILLE AVEC LE COMMISSAIRE WANG !
OÙ SE TROUVE L'INFIRMERIE ?!
HEU... AU BOUT DU COULOIR... À... À GAUCHE.
EN FACE DE LA SALLE DE SURVEILLANCE VIDÉO?
HEU... NON. LA SURVEILLANCE VIDÉO C'EST UN PEU APRÈS. MAIS MÉFIEZ-VOUS, ÇA GLISSE. JE VIENS JUSTE DE NETTOYER LE SECTEUR...

C'EST PAS VRAI! ENCORE UN JOURNALISTE QUI SE CROIT PLUS MALIN QUE LES AUTRES. ILS SONT PRÊTS À TOUT POUR GLANER LA MOINDRE INFO SUR L'AFFAIRE DU VIRUS...
BEN MERDE ALORS! REGARDE UN PEU SUR LA 6!...
...CE TYPE VIENT DE PROFITER DE LA PANIQUE À L'ACCUEIL POUR PASSER LES BARRIÈRES DE SÉCURITÉ SANS AUTORISATION!
JE DONNE L'ALARME?
NON, LAISSE. ILS ONT ASSEZ DE PROBLÈMES AVEC CE QUI SE PASSE À L'ACCUEIL. JE M'EN OCCUPE, JE VAIS JUSTE LUI DONNER UNE PETITE LEÇON SUR LA LIBERTÉ D'EXPRESSION.
OK! MAIS VAS-Y MOLO QUAND MÊME, SINON ON VA ENCORE PARLER DE BAVURE.
MERDE! JE L'AI PERDU! OÙ EST-IL PASSÉ?
BORDEL DE, BORDEL! ÇA SENT L'EMBROUILLE À PLEIN NEZ, C'T'AFFAIRE!!
PLOP
T'AS PAS LE NEZ BOUCHÉ, TOI, HEIN?!!
PLOP
PLOP

À L'HEURE QU'IL EST, GRÂCE À NOTRE PETITE DIVERSION, LE TUEUR DOIT ÊTRE TOUT PROCHE DE SA CIBLE.
JE SAIS BIEN QUE LES VOIES DU SEIGNEUR SONT IMPÉNÉTRABLES, NÉANMOINS IL M'AVAIT SEMBLÉ QU'IL NE FALLAIT PAS LE TUER. ALORS J'AIMERAIS COMPRENDRE.
JE N'ENVOIE PAS NOTRE PROFESSIONNEL POUR ÉLIMINER JEFF HEAGEL.
C'EST POURTANT CE QU'IL VA FAIRE !
APRÈS LE COUP DE TÉLÉPHONE QUE TU VAS PASSER AU COMMISSAIRE WANG, JE DOUTE QU'IL Y PARVIENNE.
VOUS ME DÉSARÇONNEZ QUELQUE PEU, MON CHER ! ET LE BUT DE TOUT CECI ?
C'EST BIEN SIMPLE ! CELA FAIT DES SEMAINES QUE LEUR ENQUÊTE PIÉTINE. IL EST GRAND TEMPS POUR NOUS QU'ILS S'ENGAGENT SUR UNE PISTE, SI POSSIBLE LA MAUVAISE...
EN LES PERSUADANT QUE CE JEFF HEAGEL PEUT NOUS CAUSER DU TORT, ILS VONT FORCÉMENT FOUILLER DE CE CÔTÉ-LÀ.
CE QUI LES MÈNERA TOUT DROIT VERS LE PLUS GRAND CANULAR DU SIÈCLE...
... ET TOUT CECI SANS SE DOUTER UN INSTANT DE CE QUI SE PRÉPARE VRAIMENT !
61.

62.
MALLIÉ . PARNOTTE . 22.10.97